Cuenta una

Historia...

Enciende una

Vida

30 historias para reflexionar

Oscar Prada Gil

Cuenta una Historia… ENCIENDE UNA VIDA
Primera edición: julio de 2019
© Oscar Prada Gil
http://www.oscarprada.com

ISBN (impreso): 978-958-48-6947-0
Proceso Editorial
Corrección de estilo, Andrés Restrepo
Diseño editorial y diagramación, Kamieles
Diseño de portada, Christian Pinzón
Impresión, litografía Imágenes 3D

Impreso en Colombia-*Printed in Colombia*

Dedicado al Mentor, que con su Historia partió mi vida en dos, y a aquellos que convertirán este libro en una oportunidad para contar una historia que... encienda una vida

CONTENIDO

INTRODUCCIÓN

Era de noche y sólo nos iluminaba una vela de parafina en el centro de la sala. Allí estábamos los seis hermanos, escuchando las leyendas que papá y mamá nos contaban, haciéndonos volar la mente y el corazón por un mundo mágico, más allá de las cuatro paredes de esterilla de nuestra humilde vivienda, un "cambuche" construido por mi padre en un terreno invadido por familias que soñaban con tener casa propia.

No teníamos servicio de energía eléctrica, y admito que es una escena difícil de imaginar hoy en día: no podíamos ver televisión, ni escuchar radio, no teníamos computadores, ni Smartphone (aunque para esa época no habían sido inventados todavía). Sólo nos acompañaban los libros.

Mamá trabajaba como vendedora para una editorial y llevaba a casa los libros que algunos de sus clientes no lograban pagar. Así conocimos en casa los Cuentos de los hermanos Grimm antes de que aparecieran, para nosotros, en la pantalla chica. Cada relato se veía mucho mejor en mi imaginación que en la pantalla de un televisor.

Desde los cuatro años de edad descubrí el poder que ejercían sobre la mente y el corazón las historias, de esas que, aunque no eran ciertas, me producían un terror paralizante cuando apagaban la luz del cuarto, al punto que empezaba a llamar por su nombre a cada uno de mis hermanos, para cerciorarme de que no fuera el último en quedarme dormido. No quería enfrentar a "la mano peluda", "la patasola" o al "pollito maligno" a solas.

Pero las historias también me hicieron soñar con descubrir tesoros en los siete mares cuando fuera adulto, o de imitar a "Juan sin miedo" para demostrarle al mundo de qué estaba hecho. Los libros me hacían mirar a las estrellas en las oscuras calles de mi barrio, para ver dónde estaba Orión empuñando el arco, o la Osa Mayor (que nunca se me pareció a una osa) cuidando a sus hijos.

Y así nace este libro, para evocar sentimientos y recuerdos que esperan desde la niñez en algún lugar del alma; un libro de relatos para agitar nuestro artesano interno, que puede todavía esculpir en su carácter una mejor versión de sí mismo.

El propósito de este libro es que usted pueda, además de disfrutar la lectura, compartir con otras personas su contenido, para seguir demostrando que, con una buena historia en nuestras manos, podemos encender una vida… podemos cambiar el mundo.

Oscar Prada Gil

EL AMOR DETRÁS DE UN BASTÓN

Al fabricante de telas lo reconocían más por su aspecto físico que por su capacidad empresarial. Era muy delgado, mantenía encorvado y andaba siempre con bastón.

Salió de su ciudad para hacer negocios con su nuevo proveedor, un importante fabricante de hilos. Después de pactar un acuerdo con él y de visitar su casa, quedó complacido con la negociación, pero lo que más gustoso resultó para el fabricante de telas, fue conocer a la hija de su colega, una bella universitaria, la que no disimuló su rechazo después de verlo por primera vez.

Antes de partir hacia su ciudad de origen, se acercó a la chica con el propósito de cambiar esa primera impresión.

—Tengo una pregunta para ti —le dice—. ¿Hay alguna historia detrás de tu belleza?

Mirando hacia la nada la joven le responde:

—No creo que haya una historia interesante en la herencia genética.

—Bueno, tengo una historia detrás de mi aspecto que quiero que conozcas:

»Hace cinco años aún vivía con mi esposa, tan bella como tú. Pero cierto día, mientras tomábamos café, por una razón desconocida no pudo sostener la taza.

Esa misma noche perdió la movilidad de sus piernas.

El diagnóstico fue devastador: atrofia muscular espinal. Una enfermedad que ataca las neuronas motoras.

»Fueron dos años de tortura en los que perdió paulatinamente toda su movilidad desde la cabeza hasta los pies. Me fui a la quiebra en mis negocios. Todo el tiempo lo dediqué a la esperanza de su recuperación. Ya no tenía dinero para sostener a dos. No me importaba mi alimentación mientras hubiera suficiente para ella.

»Nunca admití una enfermera, siempre estuve a su lado. La alimenté, bañé y cargué, aunque mi columna sufriera las consecuencias. La cuidé hasta el último segundo de vida. Hasta que una noche, mientras le daba un beso, la enfermedad le detuvo la respiración.

»Han pasado cinco años desde entonces, y aunque pude recuperarme en los negocios, no he encontrado a quién amar con tanta fuerza.

La chica le escuchaba atenta, con lágrimas en sus ojos. Algo cambió en su corazón. Ahora miraba el aspecto de aquel hombre con admiración. La joven que esa noche le dio un largo abrazo, más tarde se convertiría en su nueva esposa.

Reflexión:

Detrás de cada rostro hay una historia. Lo que nuestros ojos pueden suponer generalmente es equivocado. Nos apresuramos a establecer un concepto de las personas y ello nos puede robar una gran oportunidad de beneficio mutuo.

BULLYING EN EL REINADO DE BELLEZA

El certamen estaba a reventar. Las aves se habían reunido para escoger a la reina del año. Aunque el pavo real gozaba de favoritismo, todas las aves presentes estaban a la expectativa de conocer quién le daría pelea en la decisión final del jurado.

Era el momento de hacer la pregunta para escoger a la soberana, y todos abren paso mientras se quedan boquiabiertas con los bellos colores del pavo real, la que se acerca al micrófono sostenido por el maestro de ceremonias: un mico vestido de smoking.

—Señorita pavo real. ¿Cuál es el aporte más significativo que podrías darle al mundo en este momento histórico?

Exhibiendo su plumaje y mirando por encima del hombro responde con voz orgullosa, pero nerviosa:

—La paz mundial.

Se produce un silencio que parece eterno, interrumpido por unas cacatúas que empiezan a gritar:

—¡esa es, esa es!

El pavo real se retira del escenario, asombrado al ver a su contrincante. Todos abren paso; algunas se tapan el pico para evitar un olor nauseabundo.

—¿Cómo se les ocurre invitar a semejante pajarraco de cabeza pelada? —dicen los loros con desprecio.

—Que feo es que ni colorcito tiene —afirman los

azulejos, a lo que agrega el canario:

—¿y por lo menos sabe cantar?

El buitre se da paso entre las aves y caminando con paso torpe saborea el último pedazo de carroña que todavía exhibe en su pico, mientras los más cercanos miran sin disimular el asco que les provoca. A pesar de las miradas de menosprecio, se acerca con arrojo al altavoz.

El mico del smoking le da la bienvenida sin dejar de demostrar lo contrario con su expresión. Avanza para alcanzarle el micrófono mientras le formula la misma pregunta.

—¿Cuál es el aporte más importante que podrías entregarle al mundo hoy? —Y agrega—: esperamos sinceridad.

—Voy a decir la verdad:

"No tengo bellos colores como el arco iris que tiene el pavo real.

Tampoco exhibo un canto como el del canario que alcancé a escuchar.

Y por fortuna no tengo la lengua que exhiben con descuido los loros sin callar.

Soy único y a nadie me puedo comparar.

Centinela soy de la contaminación que tengo que limpiar.

Sólo sé, que si mi labor no hago,

A mis amigos que reciben tanto halago,

De las enfermedades no los salvaría ni un mago".

Después de semejante discurso que a todos pudo complacer, todas las aves presentes no supieron más que hacer, que aplaudir al que ya veían… bello ser.

Reflexión:

¿A quién eligieron en este especial certamen? Te corresponde a ti ser el juez. ¿Te fijarás en la apariencia? Nadie te va a recordar por lo que aparentas sino por lo que haces por los demás.

Hacer feliz a otros imprime nuestra imagen en ellos para siempre. Compararnos con los demás es una manera de saquear nuestra propia estantería de talentos y habilidades. La vida no es un certamen de belleza, es nuestra única oportunidad que el Todopoderoso nos da, para dejar el mundo mejor de como lo encontramos. Y nadie puede dejar las huellas en el mundo que a ti te corresponden, porque ninguno tiene tus impresiones dactilares.

Déjanos escuchar tus palabras, porque nadie posee el timbre de tu voz y tu historia es una novela jamás vivida por hombre alguno; conviértela en un relato que inspire a otros.

No tienes par en toda la historia; no permitas que el papel protagónico que te corresponde lo dejes perder por querer vivir la vida de otros. Eres única, eres único, déjanos ver todo lo que tu Diseñador puede hacer contigo.

UN HIPPIE EN MI VENTANA

El religioso del barrio siempre sale temprano para su reunión dominical, pero esta vez ha dedicado tanto tiempo a la oración antes de llegar al culto, que sale tarde de su casa.

Toma su biblia que de costumbre lleva bajo su brazo, y antes de subirse a su automóvil se detiene para ver al hippie adolescente, que una vez más observa por la ventana del costado de su casa.

—Si quieres una vida así, necesitas venir a la Iglesia.

—Amor y paz —responde el hippie, mientras levanta dos dedos haciendo una señal.

—Amor y paz, pero bien lejos de mí ventana —grita fuerte el hombre, mientras acelera el paso hacia su vehículo.

El culto ha terminado y el hombre observa en su teléfono móvil varias llamadas perdidas y un mensaje de voz. Escucha el mensaje: "Hermano, el hippie ha roto su ventana y parece que quiere ingresar a su vivienda. Llamé a la policía por usted".

El hombre toma su vehículo y a toda velocidad se dirige a su casa, pero su teléfono móvil no deja de timbrar de nuevo. Contesta la llamada y el mensaje lo deja en shock: "Su hija está en urgencias".

Hay una avalancha de pensamientos que lo tienen

presa del pánico. Su hija se encontraba sola en casa, el hippie estaba tratando de entrar por la ventana y ahora su hija está en la clínica. Llega a urgencias y reconoce al médico de turno.

—Dígame doctor, ¿cómo está mi hija?, ¿qué le han hecho?, ¿la han herido?

—Ella se encuentra estable y consciente —responde el médico—. Parece que trató de suicidarse pendiendo de una soga.

El hombre abraza al médico mientras le dice con la voz entrecortada:

—Gracias doctor.

—No debe agradecerme a mí, debe hacerlo al joven que la rescató a tiempo —le responde mirando al hippie adolescente, que ahora saluda al hombre haciendo una señal con dos dedos de su mano.

El hombre, con lágrimas en los ojos, ingresa a la habitación para ver a su hija. Ella quiere hablar, pero él le cierra los labios pidiéndole perdón.

—Papá —insiste ella—, mientras pendía de la soga me arrepentí de mi estupidez y estoy segura que Dios me escuchó, porque me salvó el joven que todos los días colocaba cartas de amor en mi ventana.

Reflexión:

Estamos tan ocupados aprendiendo del amor que no tenemos tiempo para amar. La agenda está tan copada de actividad que no hay espacio para la verdad; y la verdad es que hemos hablado bastante de Dios; es tiempo de mostrarlo con nuestros actos.

A veces nos paraliza pensar que nuestros actos, para que sean significativos, deben ser del tamaño de "vender todo lo que tenemos y dárselo a los pobres".

Recordemos el valor que tienen las pequeñas cosas.

Escuchar mirando a los ojos, dar un consejo, un abrazo, una nota, un tiempo para tomarnos un café. No es momento de hacer el papel de víctimas, alguien está esperando por nosotros.

Una palabra a tiempo puede ser una fuente de agua para el sediento. Escuchar el corazón de las personas se logra cuando oímos lo que callan sus labios, en el momento en que aprendemos a descifrar el lenguaje de sus ojos.

Te reto a que escribas una carta de amor y la pongas en su ventana. Si no lo haces hoy, mañana puede ser demasiado tarde.

EL HIJO DEL VIENTO

La carrera está para empezar y David se encuentra listo en la línea de salida. Fueron tres años de duro entrenamiento y por fin se enfrentaría al tres veces campeón en los cuatrocientos metros planos, el favorito de la competencia: Pretel, el "Hijo del viento".

Suena el disparo de arranque y David sale con tanta fuerza que desde la primera zancada lleva ventaja. Se siente en su mejor condición. La brisa sopla fuerte en su cara y alcanza a escuchar algunos en la gradería gritando su nombre. Siente una alegría infinita porque sabe que le arrebatará la corona al flamante "Hijo del viento". Lo visualizó tantas veces en su mente mientras entrenaba, que es casi una profecía que sólo requiere unos momentos para cumplirse.

Sabe que va de primero y siente que puede apretar el paso; lo hace. Y a tan sólo cien metros de la meta y con buena ventaja sobre su contrincante, ocurre lo inesperado.

Tiene que gritar y su gemido inunda al estadio y pone de pie a media tribuna. Siente un tirón en su pierna derecha y un dolor que lo hace caer al piso; trata de levantarse mientras los otros corredores pasan por su lado, pero el dolor es tan fuerte que no puede ni siquiera estirar su pierna.

Siente un nudo en su garganta y es inevitable dejar rodar las lágrimas por sus mejillas. Todo está perdido para él. Mientras algunos gritan arengas para animarle, David sólo puede llorar de dolor mirando hacia el piso. Levanta su puño para estrellarlo con rabia contra el suelo, pero alguien lo detiene tomándole por el brazo.

—Vamos campeón, la carrera es tuya. —Le dice, mientras lo ayuda a levantarse.

David no puede dar crédito a sus ojos: Es Pretel, el "Hijo del viento".

—No he cruzado la meta —le dice Pretel—; te vi correr y mereces llegar primero que yo.

David se levanta cojo de la pierna derecha, y apoyado sobre los hombros de Pretel corre tan rápido como su nueva condición se lo permite.

Todos en la tribuna están de pie y en una mezcla de gritos y aplausos los dos corredores atraviesan la meta mientras el "Hijo del viento" permite que David lleve la ventaja.

David es recogido en la camilla mientras Pretel le toma la mano.

—¿Por qué lo hiciste? —pregunta David, visiblemente conmovido.

—Papá tuvo una lesión en la carrera más importante de su vida que no le permitió cruzar la meta, y desde entonces no volvió a correr. Vi tu potencial y no quería que te pasara lo mismo.

Reflexión:

Corremos buscando alcanzar nuestras metas y perdemos de vista con facilidad que, a nuestro alrededor, tan cerca de nosotros, hay vidas que están a punto de perderse por falta de apoyo.

Es loable alcanzar metas importantes y elevadas, pero perseguirlas no nos debe deshumanizar. Las metas pueden esperar, pero hay vidas que requieren de nuestra atención inmediata.

No hay éxito más vacío que el de aquel que se ufana por sus logros profesionales, porque la pared de su oficina está llena de títulos y reconocimientos, pero nadie admite que hizo algo por ellos.

Es tiempo de correr, pero acompañado, porque solo se conquistan metas, pero en compañía se conquistan vidas y se llega más lejos.

Te reto a que convirtamos el ayudar a los demás en la competencia más importante de la vida. Jesucristo lo dijo más claro: "el que quiera ser el mayor, debe ser el servidor de todos".

¡ARREPIÉNTETE!

Vive en el barrio más peligroso de la ciudad. Todos saben que es sicario, un joven asesino a sueldo que a veces cambia de actividad cuando la plaza está difícil: atraca a mano armada.

No tiene amigos; los que tenía han muerto o están en la cárcel. Sólo le sobran enemigos.

Recuerda las lágrimas de mamá cuando se fue de la casa por una pelea con su padrastro, al que amenazó de muerte si algún día se topaban en la calle.

A pesar del panorama Brayan guarda una esperanza de cambio; todavía sueña con ver sonreír a su vieja mientras le entrega las llaves de su casa propia a punta de trabajo honesto. Lo piensa así y sacude la cabeza exhibiendo una sonrisa de incredulidad.

Sin embargo, le alienta escuchar la frase "al que cree todo le es posible" que cada ocho días le escucha a un hombre con voz chillona, de tez morena y con ojos que parecen a punto de salirse de sus cuencas, en una esquina del barrio y con megáfono en mano. Repite la misma frase con un sermón diferente.

—¡Arrepiéntete! —le grita el predicador callejero cuando lo ve pasar, mientras Brayan desvía la mirada, pero el mensaje le llega hasta los tuétanos.

«¿Cómo sería mi vida si me arrepintiera? Seguramente Dios es el único que me puede sacar de todo esto», Piensa Brayan con la mirada hacia el suelo.

Es la mañana siguiente y escucha de nuevo la voz chillona gritando ¡arrepiéntete!, pero un sonido metálico lo despierta de su sueño. Alguien está tocando a su puerta, mientras los perros del inquilinato ladran sin parar. Toma en la mano el arma que siempre lo acompaña y se asoma por la cortina.

—¡Oe!

—¿Brayan?

—Para qué lo necesita.

El hombre frente a la puerta no hace más preguntas; está sacando un arma hechiza. Brayan corre mientras el primer tiro por poco le da en los pies. Llega al baño y quita una teja que ya estaba disponible para huir. Corre por los techos del barrio mientras escucha otro tiro sin puntería.

«Si sigo sobre los techos me van a dar» —piensa Brayan mientras se lanza sobre un patio de ropas.

No sabía quién habitaba allí y mucho menos qué grotesca escena iba a encontrar: un hombre semidesnudo abusa de una menor apoyada contra el fregadero. Brayan reconoce esos ojos grandes y la voz chillona que ahora le suplica:

—No me haga nada, es la niña que me ha tentado.

—¡Arrepiéntete! —grita Brayan mientras le apunta en la cara con su pistola.

Reflexión:

Una persona con doble moral es un actor que se disfraza sin advertir que su careta caerá en cualquier momento, en pleno escenario y con las luces en completo enfoque. El liderazgo efectivo exige integridad, porque las palabras ilustran, pero el ejemplo arrastra.

UN EMBARAZO Y 54 PASTAS ABORTIVAS

Allí estaba, encerrada en el baño de la casa de su novio catorce años mayor que ella, leyendo las instrucciones mientras colocaba las pequeñas gotas de zozobra sobre la prueba de embarazo.

Fueron instantes de sentir su boca tan reseca como su alma, segundos que parecían detenerse para que todo siguiera igual, pero dos líneas sobre la prueba le producían un mar de lágrimas que corrían libres por sus mejillas.

Dos pequeñas rayitas le estaban sajando el corazón. No podía dejar de llorar, como tampoco quería abandonar sus sueños de adolescente.

Aún no terminaba su bachillerato; quería su morral lleno de útiles escolares y no de biberones y pañales.

No estaba segura si lloraba por lo que consideraba mala suerte o por el peso de conciencia de lo que pensaba hacer con la criatura.

¿Algún método casero?, ¿pastillas?, ¿aborto asistido? Lo que fuera necesario, pero si quería seguir tal como iba con su vida, tenía que extinguir la que se gestaba en su vientre.

Le vendieron las pastillas sin hacerle ni una pregunta, como ocurre cuando compraba una pasta para el dolor de cabeza. Las instrucciones eran sencillas:

tres pastas cada tres horas, diez y ocho pastas en total. Una receta sencilla para resolver un "problema tan difícil". Pero las cosas no resultaron tan fáciles como esperaba.

Después de veinticuatro horas sin ningún efecto, tuvo que consultar de nuevo. Ahora la receta sería triple: tres pastas cada hora, cincuenta y cuatro pastas en total. Aunque le parecía exagerada la receta, consideraba peor tener que hacerse cargo de un bebé. Pasaron veinticuatro horas más y la nueva fórmula tampoco producía resultados. Parece que en su vientre crecía un campeón aferrado a la vida; sin embargo, su novio le propuso una medida más eficaz.

Ella no tenía ideas en su cabeza, pero él nunca estuvo tan dispuesto a ayudarla; se encargó de conseguir un lugar en el que le harían el procedimiento sin hacer muchas preguntas.

Estaba nerviosa pero resuelta. Después de una corta entrevista, el encargado le explica la necesidad de practicarle una ecografía, con el fin conocer el tiempo de embarazo antes de seguir con el procedimiento.

Ahora está acostada sobre una camilla. Siente sobre su vientre un gel frío, pero no tanto como su corazón, que sólo esperaba que todo terminara pronto.

De repente, escucha un sonido que jamás olvidaría: el corazón de su niño palpita tan fuerte que la hace estremecer. No puede evitar mirar al monitor, y reconoce fácilmente unos agitados piececitos

—¿Ya está bien formado? —pregunta, mientras el encargado le muestra la forma de la cabeza y unas manitos, moviendo sus dedos.

—Tiene doce semanas, es un feto con desarrollo normal, pero estamos a tiempo para seguir con el procedimiento.

—No sabía que estaba tan bien formado —expresa mientras se le humedecen los ojos.

Ella no puede contener sus lágrimas. Por primera vez desde la prueba de embarazo sonríe, mientras mira al bebé moviéndose en su vientre a través del monitor.

Algo en su corazón le hizo olvidarse de ella y pensar solamente en él, en ese pequeñito de tan sólo diez centímetros que se estaba convirtiendo en la persona más grande de su vida.

—Me tengo que ir —indica ella, mientras se tapa el vientre con ambas manos, como tratando de evitar preguntas, como impidiendo que alguien le hiciera daño a su bebé, al que ahora está resuelta a cuidar para toda la vida.

Reflexión:

Somos el resultado de una mamá que, como ella, resolvió seguir con nosotros adelante, a pesar de que ello significara una vida agobiante. Mamá, abandonaste tus sueños por cumplir los míos.

Gracias madre porque tu voz me arrulló para dormir y hoy me sigue aconsejando para vivir. Porque desde el día en que me tomaste de la mano, aprendí a caminar sin un esfuerzo vano.

Perdóname las cicatrices que te provoqué en el vientre y en el alma, por aquellos momentos en que debía estar y no estuve.

Por las lágrimas que rodaron por tus mejillas como perlas, y se secaron antes de que yo pudiera verlas. Por cada bocado que te negaste a recibir por quitarme el hambre, que poco pude percibir.

Eres el mensaje perfecto del Señor, que me quiso

enseñar con tu ejemplo duradero, la manera de entregarse con amor verdadero.

Gracias mamá... por tu amor sincero.

UNA AMISTAD ASÍ:

"Volveré a verte, tenlo por seguro" fue la última frase que escuchó al abrazar a su amigo, mientras se despedían en la bahía.

Sería un viaje largo de quince días de travesía para llegar a una isla del Caribe a cumplir una misión médica. Su prestigio se convirtió en la esperanza de decenas de personas que padecían bajo la quinta pandemia de cólera en esa isla, en la que fallecían más personas por esta enfermedad que por muerte natural.

Fueron cinco años en que sólo sabían el uno del otro por las cartas que los barcos transportaban de un país a la isla remota y viceversa. Cada mes la correspondencia estaba en el buzón. Había una sonrisa permanente al leer las chanzas y recuerdos juveniles de dos amigos que crecieron jugando bola de trapo en el barrio. Siempre había un suspiro cuando su amigo escribía "Posdata: sólo espero volver a verte".

Siempre era un gusto leer las misivas de su amigo, hasta que el médico recibe una última carta que le deja con la misma tensión que siente cuando trata a sus pacientes más graves. Su amigo estaba infectado por el cólera, y por su descripción, sabe que tiene poco tiempo para hacer algo.

Ese mismo día se embarca en un buque de carga.

No puede perder un minuto. Es un largo trayecto que lo tiene intranquilo al traer a memoria tantas historias de pacientes que no recibieron el tratamiento a tiempo. Guarda la esperanza de colocar todo su conocimiento a favor de su recuperación.

Es la media noche cuando el barco arriba al puerto, y de inmediato el médico busca el hospital local que atiende a su amigo. Reconoce a una mujer que llora desconsolada en la sala de espera, es su esposa. Hay muchos pacientes y su amigo es uno más en la lista. Presenta sus credenciales y le dejan entrar en la habitación.

La mujer espera impaciente, mientras escucha un grito de desconsuelo en la habitación. Cinco minutos más tarde sale el médico amigo envuelto en llanto. La mujer le abraza.

—¡Se nos fue! —grita entre sollozos.

La mujer, con la voz entrecortada, casi haciendo un reclamo le contesta:

—Lástima que hayas perdido tu tiempo al venir.

—No fue tiempo perdido —le dice—. Alcancé a verle consciente y sus últimas palabras fueron "sabía que vendrías a verme".

Reflexión:

La amistad sincera es un vínculo tan fuerte que supera cualquier asomo de interés o doble intención. En la vida hay momentos tan difíciles, diagnósticos tan crueles, que nuestros amigos no esperan nuestra ayuda, porque ni siquiera tenemos la capacidad de hacer algo por ellos; sólo esperan estemos allí, que lleguemos a tiempo.

picaduras de insectos, el peligro de los animales salvajes, el hambre y la deshidratación, después de diez días de atravesar la selva en soledad aferrada sólo al deseo de vivir, encontró a unos pescadores en la ribera del río que la ayudaron a llegar a un centro de atención médica, después de diez horas de viaje en lancha.

Cuando contaba su historia parecía un cuento de ciencia ficción, algo difícil de creer. ¿Cómo puede alguien caer desde dos mil metros de altura y sólo fracturarse la clavícula? Ella explicaba que cayó sobre los árboles y que el asiento al que estaba aferrada recibió el impacto, pero esa respuesta nunca dejaba del todo satisfecho a quien la oyera.

¿Cómo pudo sobrevivir a la inclemencia de la selva amazónica? Ella diría sin dudarlo que su padre la salvó. ¿Cómo puede ser posible semejante afirmación, si él no estaba en el vuelo y tampoco hubo más sobrevivientes? Ella explicaría que la salvó años atrás.

Su padre era un biólogo que le enseñó, desde joven, a orientarse en lugares desconocidos, a reconocer frutos venenosos y sobrevivir en situaciones extremas. Un siniestro como el que sufrió Juliane jamás pasó por la mente de su padre como una posibilidad, pero la preparó para ello, aunque nunca ocurriera.

Reflexión:

Como padres tenemos una gran responsabilidad. Los tiempos se pueden tornar difíciles y el vuelo de la vida de nuestros hijos, que tenía un destino lleno de sueños y metas por lograr, se puede caer en picada.

¿Los hemos preparado para ello? No se trata de ser negativos ni extremistas, pero hay que prepararlos para las peores circunstancias, aunque éstas jamás ocurran, para que ellos con orgullo puedan decir: papá me salvó años atrás.

LLEGARON LAS MALETAS

Su vuelo arribaba al aeropuerto y él estaba preso de la ansiedad por ver a sus pequeños hijos. Habían pasado cinco años desde que dejó a sus gemelos en la ciudad natal.

Nunca perdió contacto con ellos; su esposa siempre le envió fotos y videos de todo el desarrollo de su niñez. Sus primeras palabras, sus primeros pasos, la celebración de cada cumpleaños; cada fecha especial estaba guardada en su computadora y de cuando en cuando las revisaba para llenar su soledad.

De su parte nunca les "falto algo" a los pequeños. Todo lo que se supone necesitaban, él se encargó de suplirlo a través de giros internacionales para que los pequeños tuvieran sustento, vestido, un techo y buena educación, además de algunos privilegios que su buena capacidad económica le permitía brindarles. Sus regalos en las festividades tampoco se hicieron esperar. Por fin los abrazaría después de tanto tiempo. Estaba más ansioso que el día de su matrimonio.

Recibe sus dos maletas y camina hacia la sala de recepción mientras alcanza a ver a dos pequeños y a su esposa que les da indicaciones mientras lo señala. El corazón parecía salirse de su pecho cuando ve a los pequeños correr hacia él; por fin los abrazaría en ese encuentro tan emotivo.

No puede contener las lágrimas al ver a sus hijos incluso más grandes de lo que imaginaba. Suelta las maletas y corre hacia ellos, se inclina para abrazarles, pero de repente, los niños siguen de largo. Asombrado y confundido mira hacia atrás; los niños abrazan sus maletas mientras gritan:

—¡Qué nos trajiste papá, que nos trajiste!

Su esposa le abraza comprensiva, pero no duda en decirle:

—No te sorprendas. Esto es todo lo que habían recibido durante cinco años.

Reflexión:

Nuestros hijos pueden ser huérfanos de padres vivos, recibiendo todo el apoyo material que necesitan, pero ajenos de compañía, diálogo y tiempo de calidad. Ningún bien material podrá suplir la necesidad de amor paterno y materno. No podemos permitir que la relación con nuestros hijos se convierta en una transacción comercial, de cuánto débito tienen en buenas acciones para retribuirles con lo que ellos pidan. El tiempo que no invertimos en nuestros hijos es irrecuperable.

LE VOLTEO EL MASCADERO

Papá era un hombre de carácter fuerte, que expresaba su mal genio a flor de piel. Todos en la casa pagábamos escondedero cuando le escuchábamos decir mientras levantaba su mano "¡le voy a voltear el mascadero!", porque en serio que faltaba poco para que uno de sus brazos musculados cumpliera la terrible advertencia de hacer "girar una mandíbula hacia la nuca".

Papá dialogaba poco, pero quería enseñarnos con su disciplina física que las cosas mal hechas no se podían repetir, y en una de esas reprimendas dejé de jugar para siempre mi pasatiempo favorito: "tin-tin, corre-corre". El juego en que tocábamos una puerta para salir corriendo, "ahogados" de la risa, para ver de lejos cómo el residente de la vivienda salía enojado a "echar madrazos" al aire.

En esa noche inolvidable no logré esconderme, y el vecino iracundo me llevó arrastrado hasta la casa para contarle a papá lo que había pasado. Mi espalda les contaría mejor lo que pasó después. Pero lo que mi padre me hizo cuando recién empezaba mi bachillerato me marcó para toda la vida.

Mamá siempre asistía a las reuniones de padres de familia para la entrega del boletín de calificaciones. Era el penúltimo periodo y el director de grupo ya le había anunciado a mamá que yo era el peor de la clase, y mis notas eran tan bajas que, de continuar así, tendría que repetir el año de estudios. Frente a semejante advertencia, mamá hizo su mejor jugada para darme un escarmiento: le pidió a papá que fuera a recibir el boletín de notas.

Ahí estaba yo, viendo como el director de grupo manoteaba mostrándole a papá un boletín que parecía un código binario (unos y ceros).

Salimos del colegio y papá no dijo una sola palabra. Faltaban pocas cuadras para llegar a casa y de repente, mi papá se detiene. Yo no podía seguir de largo, aunque quise hacerlo; pensé: «¿Me va a dar en la "jeta" en plena calle?», pero no, ahí seguía él, quieto, sin decir una palabra, sosteniendo el boletín en las manos.

Subí la mirada y pude observar que tenía lágrimas en los ojos; hubiera preferido un correazo que verle llorando esa tarde. Me llamo por el nombre, suspiró profundo y me dijo: "¡Usted puede ser el mejor!" Y siguió su marcha.

Estaba confundido; me quedé pensando «¿y cuándo me va a decir que me va a "voltear el mascadero"?». Estaba en un letargo hasta que papá gritó: "¡muévale!".

No puedo describir lo que sentí esa tarde, pero sí lo que ocurrió después. Me convertí en el mejor estudiante, no sólo del salón sino de todo el colegio.

Mentiría si digo que cada mañana me levantaba pensando en su dicho, pero su expresión "Usted puede ser el mejor" logró algo en mi corazón, que su típica frase "le volteo el mascadero" no había conseguido antes.

Reflexión:

Las palabras no se las lleva el viento. Pueden infligir una herida en el alma o poner un sello de amor en el corazón. Es nuestra responsabilidad decidir si queremos expresar, como una válvula de escape por la boca, todo lo que llevamos por dentro, o hablar con propósito, como lo hace un sembrador que riega una buena semilla sobre un campo fértil.

EL ANCIANO DEL COSTAL

El anciano con botas pantaneras, aspecto desaliñado, con olor a mal sudor y costal en el hombro entra a la entidad financiera, mientras las personas que están en la sala de espera no disimulan la molestia que les provoca su figura.

Espera impaciente su turno mientras sujeta el costal entre sus piernas. Para su sorpresa, una mujer se le acerca con una bandeja para ofrecerle café recién hecho, o si prefiere, un vaso con agua. El anciano asiente con amplia sonrisa.

Se cumple su turno, se acerca a la caja y lo recibe una mujer de sonrisa inusual para él.

—Bienvenido ¿en qué podemos ayudarle?

—¿Aquí también necesito codeudor? o me podría atender sin alguien que me acompañe.

—Por supuesto, por qué no podría hacerlo.

—¿No estoy muy viejo para ustedes? —Replica el anciano. La chica sonríe he insiste.

—A qué se refiere.

—Mire señorita. Nunca había buscado un banco en mi vida, hasta hoy, pero este no es el primero que visito. A menos de cinco cuadras de aquí hay otro banco. Me acerqué a un hombre que se bajaba de su carro con el carné de ese Banco para hacerle unas preguntas. Pero él, sin terminar la llamada telefónica que hacía, me preguntó por la edad, y cuando le respondí "setenta y cinco años" me despachó diciendo, que para recibir dinero regresara cuando tuviera un codeudor. ¡Ni siquiera me dejó explicarme mejor!

—Oh, lo siento señor; pero bueno, ya está aquí. Espero que se lleve una mejor impresión de nosotros.

—Pues ya lo lograron —expresa, al tiempo que sonríe y se toma otro sorbo de café.

—Entonces en qué puedo ayudarle.

—Pues mire señorita. Acabo de vender nuestra finca y tengo todo el dinero de la venta en este costal ¿me podría aconsejar qué puedo hacer con él?

Reflexión:

Una sonrisa puede ser el inicio de una gran amistad o de un negocio significativo. Ser amable sin excepción es un rasgo que distingue a aquel que le da más importancia a la persona que a los resultados que espera de las relaciones. La vida siempre premiará mejor a quienes siguen la regla del Señor Jesús: tratar a los demás como queremos que nos traten a nosotros.

NO SE ME OLVIDA AMARTE

Una mujer de setenta años de edad recién cumplidos sale de su habitación para atender a alguien que llama a la puerta. Cuando llega a la sala, para su sorpresa la puerta se abre por sí sola.

—Vaya que tiene problemas con las chapas de sus puertas —dice el hombre de overol que espera frente a la entrada.

—Buenos días, ¿quién es usted?

—Soy el cerrajero, señora. Recibí una llamada anoche. Me explicaron que en esta dirección necesitan mis servicios.

—Bueno, su visita es muy oportunidad. Puede seguir, por favor.

El hombre ingresa a la vivienda y hace una labor que le lleva todo el día, revisando las chapas de las puertas de cada habitación y reparando las que están averiadas.

Mientras esto ocurre, la propietaria no se despega de él, supervisando su labor; algo que el hombre aprovecha para entablar un diálogo con ella, indagándole por cada cuadro que observa. La señora se siente tan cómoda con su compañía que le invita a almorzar y finalmente a cenar al terminar su labor.

Al siguiente día, la dueña de la casa se levanta al

escuchar un fuerte chorro de agua. Va corriendo a la ducha y observa que el tubo se ha reventado. Sobre el lavamanos hay una nota con un número escrito: "Su fontanero de confianza". Toma el teléfono hace la llamada y en menos de quince minutos están tocando su puerta.

—Buenos días señora. Soy el fontanero. Desde aquí logro escuchar la tubería rota. ¿Me permite seguir? —dice un hombre de overol.

—Por supuesto. ¡Siga, siga!

Después de reparar la tubería, el hombre le explica a la mujer.

—Querida dama, creo que el inconveniente es más grave de lo que parece. Hay un problema interno en el sistema de tuberías que podría causar averías peores en cualquier momento.

—Revise lo que tenga que verificar —responde.

La señora observa cómo el fontanero inspecciona cada grifo, los empaques de la tubería y el sistema de drenaje. Mientras esto ocurre, el hombre dialoga con la mujer sobre su vida. Ella sonríe mientras le causa admiración, escuchándole hablar sobre el amor que siente por su esposa y por sus hijos. Con deseo de seguirle escuchando le invita a comer y posteriormente a cenar al terminar su labor.

Es el día siguiente y la mujer se despierta por el sonido de una cortadora de césped muy cerca de su casa. Cuando sale a revisar, un hombre con overol está cortando la hierba de su jardín.

—Oiga señor ¿qué está haciendo en mi jardín?

—Buenos días señora. Recibí una llamada y estoy haciendo mi labor.

—Yo no he llamado a nadie.

—No se preocupe señora, yo puedo…

—No señor, usted no puede porque no lo necesito. ¡Aléjese!

Mientras esto ocurre, una joven pareja de vecinos sale para ver qué está pasando.

—Señora ¿podemos ayudar en algo?

—No gracias, a ustedes nos lo conozco. Mejor voy a llamar a la policía —dice la señora, mientras tira la puerta.

El hombre del overol deja caer sus lágrimas.

—Papá ¿hasta cuándo vas a permitir que te trate así? —pregunta el joven.

—El error fue mío; mi estrategia para empezar el día con ella no fue la correcta hoy.

—Padre, hasta cuándo vas a hacer de jardinero, de fontanero, de cerrajero, de electricista ¿en qué más te piensas convertir? —indaga la joven.

—Voy a ser todo lo que tu mamá necesite.

—Pero mamá puede estar en un mejor lugar, un sitio en el que reciba tratamiento para su alzhéimer.

—Ella está recibiendo el tratamiento, pero ésta es su casa. No hay un mejor lugar donde ella pueda volver a recordar.

La pareja abraza al hombre del overol mientras él afirma:

"Mientras ella viva, mi amor va vivir con ella".

Reflexión:

Es cierto que los matrimonios hoy en día parecen un contrato laboral a término indefinido. La frase "hasta que la muerte los separe" se convirtió en un cliché. Su origen es un mandamiento que acata sin reparos un corazón que está resuelto a amar de veras, a amar a pesar de, a dejar de amar sólo cuando el corazón deje de latir.

¿DE QUÉ TAMAÑO SON TUS PROBLEMAS?

Papá ¿estás enojado?

—No hijo, sólo estoy preocupado —le respondía el arquitecto a su hijo de cinco años. El pequeño le hacía la misma pregunta, desde que noto el cambio de actitud de su padre desde hace una semana.

El hombre acostumbraba llevar a su hijo a las obras de construcción; le gustaba que supiera a qué se dedicaba su padre y cómo era la vida real, pero era consciente que el pequeño no entendería, que esa semana se debatía un proceso judicial en su contra por cuenta de una edificación que se desplomó, y que esta situación comprometía su nombre, su reputación y seguramente su libertad.

—¿Por qué estás tan preocupado, papá?

—Porque tengo un problema grande, hijo.

—¿Más grande que tú? —el padre sonríe.

—Tan grande como un edificio, pero mañana viajamos para solucionar el problema.

Padre e hijo suben al avión. El pequeño yace dormido reclinado en el asiento, y cuando la aeronave ha despegado el pequeño despierta, y asombrado mira por la ventanilla; con una gran sonrisa señala hacia abajo mostrando a papá lo que percibe.

—¡Papá, papá, mira! —dice el pequeño señalando un conjunto de edificios— ya se solucionaron todos tus problemas.

—¿Por qué lo dices, hijo?

—Mira que pequeños se han vuelto los edificios; ahora eres más grande que tus problemas. ¡Ya puedes volver a ser el mismo, papá!

El hombre no puede hacer más que abrazar al pequeño y darle todo el crédito, mientras sonríe y piensa que tal vez tiene la razón: sólo le faltaba mirar sus problemas desde arriba, desde otro punto de vista.

Reflexión:

La preocupación, la ansiedad y el estrés no son producto de nuestros problemas sino de la manera como son observados. Si los vemos más grandes que nosotros, superiores a nuestra capacidad de reacción, desataremos la tormenta interna que nos dejará a la deriva. Pero si volamos por encima de la tempestad, el sol seguirá brillando en nuestra cara. La oración es la mejor fórmula para subirnos en los hombros del Gigante y ver las dificultades desde allí, del tamaño que las divisa EL QUE PUEDE atender nuestras súplicas.

DEBER ES DE LO PEOR ¿NO LE PARECE?

E l asesor financiero recibe a la señora de vestido modesto y actitud ansiosa, en una sesión que parece más una cita con el psicólogo que con un experto en la administración del dinero.

—No se imagina el estrés que mantengo con mis deudas —afirma la señora, la cual tiene un tic nervioso que le hace giñar el ojo cada tanto—, siento que no puedo con esta escasez de dinero para cumplir con mis obligaciones. Deber plata es de lo peor ¿no le parece?

—Dama ¿A qué se dedica usted?

—Me dedico a la confección industrial. Perdí clientes muy importantes por un receso de producción a causa de una máquina averiada. Tuve que reponer la máquina y desconociendo a quién acudir, solicité un crédito informal. Debo pagar seis cuotas mensuales de un millón cien mil pesos ($336 USD), por una máquina de coser con valor comercial de tres millones de pesos ($918 USD).

—¡Caramba! Usted está pagando un interés del 20% mensual sobre la deuda inicial. Debe tomar urgente un crédito a bajo interés para pagar dicho monto.

—¡¿El 20%?! Es una locura, pero peor es que usted me mande a pedir otro crédito. Quiero salir de deudas ¡y usted me aconseja tomar otro crédito? Me va a dar un soponcio —dice la señora, mientras se sopla el rostro con un abanico plegable.

—Respire profundo, señora; tranquila, todo tiene solución —dice el asesor financiero mientras observa que la señora, en un gesto exagerado se pone de pie.

—Tenía todas las esperanzas en un buen consejo de su parte. ¡Ay doctor, me voy a morir! Tengo que salir a tomar aire.

—Siga, siga, por favor —responde el asesor, mientras le abre la puerta de su consultorio.

Afuera está esperando un exportador de ropa que lo visita con frecuencia, al que recibe jovial estrechándole la mano.

— Siga, por favor. Lo veo muy sonriente.

—Dos mil quinientos millones de pesos ($765000 USD) en deuda todavía no me roban el sueño, doctor.

—Sí que lo creo. Alguien que no reconoce la diferencia entre una deuda bueno y una mala no pensaría lo mismo que usted. Pero cuénteme ¿qué lo trae a mi consultorio?

—Pues doctor, necesito ochocientos millones de pesos ($245000 USD) para una nueva inversión y espero contar de nuevo con sus servicios, para elaborar un plan de inversión que sea convincente.

—Siempre es un gusto.

—Para mí es un placer mayor, doctor. Por cierto, una de mis costureras se trasladó de ciudad y tengo una vacante ¿conoce usted a alguien que me pueda recomendar?

Reflexión:

El juego del dinero no lo gana el que tenga las mejores cartas sino el que asuma la mejor estrategia. Los problemas financieros no tienen su origen en el bolsillo, sino en la actitud que tenemos hacia el dinero. Una buena manera de empezar a resolver problemas en esta área, es admitir que Dios es la única fuente de toda provisión, y que todo lo demás es tan solo medios para que esa provisión llegue a nuestras manos. Cuando un medio se agota, ello no debe agobiarnos, si recordamos que nuestra Fuente es infinita.

MI AMIGO EL CANARIO

El orangután, quien gozaba de ser el rey de la comarca, estaba estrenando amigo; un pequeño canario con el que conversaba casi todo el tiempo. Esto despertó la envidia de sus tres amigos más cercanos: el cocodrilo, el guepardo y el águila.

Los tres amigos buscaban ocasión para demostrarle al rey orangután, que perdía su tiempo con un pequeño canario inútil, que poco podría ofrecerle a él y a su reino. Tanto deseaban poner en ridículo al canario que al parecer la suerte estaba de su lado: el orangután, en el recorrido matutino por su territorio, cayó en la trampa de unos cazadores. Una gran jaula hecha en bambú dejó prisionero al rey, el que ahora estaba a merced de la ayuda que pudieran ofrecerle sus buenos amigos.

Los tres amigos tenían un plan y era el momento de ponerlo en práctica. Cada uno haría alarde de sus capacidades al servicio del rey, que por sentido común dejarían por el piso al diminuto canario.

—¡Oh rey, no se turbe su corazón! —dice el águila—. Tengo un pico lo suficientemente afilado para romper las cuerdas que sujetan el bambú y en cuestión de minutos su libertad será un hecho. ¿Qué puede agregar mi amigo el guepardo?

—Excelentes son los atributos de mi amigo el

águila —no duda en decir el guepardo—, pero mis afiladas garras podrían hacer el trabajo más rápido, porque la labor exige premura. En esto estará de acuerdo nuestro amigo el cocodrilo.

—Por supuesto, mis queridos camaradas —responde el cocodrilo—. Sin embargo, para nadie es un secreto la fuerza que tengo en mi cola, con la cual puedo romper el bambú como si fuera una caña reseca. Estoy dispuesto a ofrecer mis servicios, a menos de que este enano amarillo pueda poner algo a tus servicios —expresa, al tiempo que se echa a reír a carcajadas con sus secuaces.

—Mis queridos amigos —dice el canario—, propongo que nuestro amigo el águila vuele alto y, con su vista inigualable, pueda estar atenta a la llegada de los cazadores, dando aviso a tiempo para tomar un plan contingente si fuera necesario.

»Nuestro amigo el cocodrilo tiene el mejor atributo en su mordida y podrá destruir el bambú rápidamente, para luego esconderse colocándose a salvo en el río cercano sin problemas; mientras que nuestro amigo el guepardo, el animal más rápido de la selva, llevará a nuestro rey en su lomo para ponerlo fuera de peligro. Y yo, amadísimo rey, gracias a mi tamaño, soy el único que puede entrar a la jaula; te haré compañía todo el tiempo, pase lo que pase.

Ante semejante estrategia los tres amigos no encontraron mejor fórmula, que seguir las instrucciones del canario al pie de la letra, y admitir sin reserva que ahora querían con ellos, muy cerca, a un amigo así.

Reflexión:

Nadie debe ser desestimado por tener cualidades diferentes. Cada uno de nosotros tiene un don que debe ser descubierto y puesto al servicio de los demás. Unidos nos complementamos. Solos llegamos más rápido, juntos llegamos más lejos.

EL VENDEDOR DE LIBROS

Llevaba diez años trabajando para una empresa hotelera, y en la pared de su cuarto pendían diez reconocimientos como el mejor empleado del año. Tenía dos pasiones en su vida: servir a la gente como le gustaba que lo hicieran con él, y escribir.

Aunque su ingreso económico era estable y su prestigio en la empresa le permitía gozar de ciertos privilegios, algo en su corazón le decía que su ciclo había terminado. Era hora de plasmar en un libro todo lo que diez años de experiencia le habían aportado. Y en un ejercicio que a su familia le pareció una locura, una mañana de lunes presentó su carta de renuncia.

Tenía el libro terminado, "Servir es vivir" en el que expuso toda la experiencia que le llevó a ser el mejor empleado, reconocido por sus clientes, sus compañeros de trabajo y sus jefes.

Resuelto a publicar su libro visitó diez editoriales, pero ninguna se interesó en su obra, así que invirtió toda su liquidación en la impresión independiente de su escrito.

Una semana después de tener su habitación llena de libros, descubrió que tenía dotes para servicio al cliente, pero era pésimo para las ventas. La depresión le estaba tocando la puerta. Cada tarde regresaba con el mismo número de libros y sus pies ampollados de andar, sin encontrar quién comprara su material.

Quince días después y a pesar de no haber vendido ni un solo libro, salió de su casa con una actitud diferente. Esta vez tenía un motivo más fuerte para salir a vender: el hambre. El dinero se había agotado y si no vendía un libro ese día, no tendría con qué comprar para comer.

La playa era un buen lugar para vender cualquier cosa, menos un libro, o por lo menos eso le decía su experiencia de quince días. Sin embargo, insistió una vez más.

Se acerca a un hombre de edad madura que tiene un libro en sus manos. Por poco se devuelve al pensar «¿cómo venderle un libro a alguien que ya tiene uno en sus manos?», pero tiene un argumento.

—Buenos días amigo. No me diga que está leyendo el mismo libro de nuevo.

—¿Qué come que adivina? —le responde el turista con una sonrisa.

—Bueno, hoy es su día de suerte. Tengo en mis manos un libro "recién salido del horno". Por cierto, le puedo conseguir un autógrafo de su autor.

—¿Me habla en serio? Bueno, el título me gusta.

—El libro es suyo —le dice entregándole el libro.

El hombre siente que se le va a salir el corazón de la emoción. No sabe si le entusiasma más su primera venta o saber que tendrá algo para comer ese día. Aprovecha esa emoción efervescente para seguir ofreciendo el libro, pero no corre con la misma suerte. A pesar de ello, esa noche se acuesta en su lecho satisfecho por su pequeño, pero significativo resultado.

Al siguiente día sabe que le espera una larga jornada, y para cobrar ánimo, decide buscar al turista para escuchar sus comentarios del libro; quizás encuentre en ello una voz de aliento.

—Buenos días amigo. Ayer noté que empezó a leer el libro de inmediato. ¿cómo le ha parecido el escrito?

—Más que satisfecho, sabe —responde el turista mientras cuelga una llamada telefónica—. Es justo lo que estábamos buscando. Administro una cadena hotelera continental, y la junta acaba de autorizarme para entregarle a cada empleado este manual de servicio al cliente. Necesito mil quinientos ejemplares ¿los puede tener listos para la próxima semana?

Reflexión:

Los sueños que valen la pena tiene un alto costo. Si no fuera así, cualquier persona los alcanzaría. La vida siempre premiará al que busca en su interior su propósito de vida y arriesga todo lo que tiene por poner al servicio de los demás los dones que le entregaron de lo alto.

LA VOZ DEL MILLÓN DE DÓLARES

Dos hombres sentados en un café chatean en sus teléfonos móviles cuando son interrumpidos por un hombre que no podía pasar desapercibido. Tenía impregnado un olor nauseabundo, evidencia de tantos días sin meterse en una ducha, sus ropas estaban raídas y mugrosas, su talla reflejaba una alimentación escasa y su rostro se veía oscuro, quemado por el sol.

El mendigo se acerca a la mesa para pedirles una ayuda mientras ellos tratan de ignorarlo, pero cuando el hombre empieza a hablar, los comensales quedan asombrados.

—Buenos días, señores —dice el mendigo—. Bienvenidos a su Café Mansión, porque si me das tu ayuda, Dios te da su bendición.

Los hombres sonríen y uno de ellos no puede detener su halago.

—Hombre, ¿qué hace pidiendo limosna? Su voz vale un millón de dólares. Tiene un bajo profundo que cualquier cadena de radio quisiera tener frente a sus micrófonos

—Gracias —dice el indigente, sin mostrarse sorprendido—. Ese era mi sueño cuando estaba joven, pero la vida es injusta; nunca tuve la oportunidad de tener cerca a alguien de los medios para que me escuchara y me apoyara.

—En eso pensamos diferente mi amigo. No se trata de esperar las oportunidades, sino de ir por ellas. Mi colega trabaja en radio y es una persona sin habla.

Los dos amigos se echan a reír. El colega, con una sonrisa, trata de comunicarle algo al mendigo moviendo sus manos y gesticulando de manera exagerada.

—¡Desgraciados! —grita el mendigo mientras sale del Café—. Si no me quieren ayudar, no tienen por qué burlarse de mí.

La persona con discapacidad del habla, el cual era guionista y libretista para un programa de radio, le estaba comunicando la oportunidad de un casting.

Reflexión:

No se trata de los talentos que tienes sino de la dirección que le das a tu vida. Los que han conquistado cimas reconocen que el talento sin una meta clara y sin determinación, es como tener el arco y la flecha metidos en el estuche, sin nada a qué dispararle.

AMANDO AL ENEMIGO

Dos diseñadoras de moda en una misma ciudad se disputaban cada año por el primer lugar en ventas. Habían estudiado juntas y desde la universidad mantenían una sana rivalidad. Ambas gozaban de gran prestigio, sin embargo, la brecha entre las dos se hacía cada vez más amplia. Una de ellas resolvió explorar otros mercados y con ello amplió vertiginosamente su número de clientes.

El crecimiento ante su par era evidente: ensanchó las instalaciones de su fábrica, su número de empleados creció y su nuevo automóvil de alta gama decían a gritos que sus ganancias eran exponenciales.

Su contrincante, a pesar de la modesta condición económica que tenía, se sentía feliz con su labor. Sus logros no eran tan significativos financieramente, pero le encantaba ver a sus clientes sonreír cuando lucían sus diseños. Ella decía con frecuencia que prefería más una sonrisa que la ganancia de una venta.

Su colega pensaba diferente; cuando la observaba sonriente dando entrevistas y exhibiendo sus diseños en redes sociales, su envidia era creciente. Ya no le satisfacía ser número uno en ventas, ahora quería la exclusividad; sacar a su rival del mercado se convirtió en su obsesión, así que decidió hacerle la guerra en un campo en el que se sentía como pez en el agua: en los estrados judiciales.

Resolvió levantar contra ella una demanda por plagio en el diseño de un vestido. Ya había ganado una batalla así, y creía que esta vez, aunque fuera basada en una calumnia, lograría el mismo resultado.

Al final de un juicio acalorado, la demandante presionaba a su abogado para encontrar maneras de hundir a su colega, pero el caso estaba perdido; los argumentos eran pobres y el juez ya tenía listo el veredicto. La demandante no soporta su frustración, y se levanta de su puesto para alzar su voz de protesta, tan alto como puede.

—¡Esto no puede estar pasando! ¿Acaso no hay otra instancia para quitarle a esta mujer esa maldita sonrisa?

Todos la escuchan sorprendidos, pero ella, con dificultad para respirar trata de sentarse, y llevándose la mano al pecho con una expresión de dolor se desvanece, cayendo inconsciente al piso.

El abogado junto a ella no sabe qué hacer. Algunas personas presentes toman el teléfono móvil para llamar una ambulancia; parece que nadie está preparado para atender una emergencia así. Mientras tanto, ella sufre un evidente cuadro de ataque al corazón.

En medio de la confusión, la colega demandada se le acerca, le desajusta la ropa y le aplica el procedimiento de reanimación cardiopulmonar.

Todos los presentes miran sorprendidos la escena, en un ambiente de tensión e incertidumbre, hasta que la mujer vuelve a respirar. Algunos aplauden, mientras el abogado se acerca a la demandada tomándola del brazo para hablarle en privado.

—¿No sabe lo que acaba de hacer? ¡La conozco bien y ella no se va a detener hasta verla en la ruina! No cambiará de parecer por lo que usted hizo.

—Sé lo que acabo de hacer —dice la mujer con una sonrisa en el rostro—. También la conozco años atrás y aunque me pague mal por bien, eso no hará que cambie mi forma de ser.

Reflexión:

El mundo está lleno de injusticia, y si no ha tocado a nuestra puerta algún día lo hará. ¿Cuál será nuestra respuesta? ¿Rebajarnos al nivel de aquellos que actúan llevados por la ira y la envidia? Jesucristo nos da una fórmula mejor para mantener el alma liviana y el corazón saludable: "Ama a tus enemigos; ora por los que te persiguen y te calumnian".

¿DIOS RESPONDE?

Conducía su vehículo por una de las concurridas calles de su ciudad. Era cerca de la media noche y se dirigía hacia su casa, después de haber participado de un tiempo de oración en un pequeño grupo cristiano que se reunía a las afueras de la ciudad.

Esa noche en el grupo compartieron una enseñanza que quiso poner a prueba mientras conducía. Le costaba creer que Dios pudiera contestar una oración concreta y que en verdad guiara a una persona de manera específica.

—Señor, toma el volante, ¿a dónde quieres ir?, ¿qué quieres mostrarme? —preguntó con algo de sarcasmo.

De repente, le llama la atención un aviso al borde de la carretera que está inusualmente inclinado, con un enunciado que dice "mirador del cielo" y, curiosamente, algún vándalo escribió su nombre con aerosol.

—¡Caramba, que rápido respondes! —dice el hombre esbozando una sonrisa.

Toma el desvío y se encuentra con un monte alto sin iluminación que deja ver gran parte de la ciudad. El cielo está despejado y la oscuridad permite ver las estrellas en pleno resplandor. Se baja del automóvil para acercarse al vacío y eleva otra corta oración.

—Bueno Señor, ¿para qué me trajiste hasta aquí?, ¿tienes algún mensaje para mí? —pregunta con incredulidad.

Guarda silencio y suspira profundo mientras observa el cielo estrellado. De pronto escucha algo que le pone los pelos de punta. Unos quejidos en la oscuridad del abismo hacen que su corazón vaya a mil revoluciones.

—¡Eh!, ¿quién anda ahí?

—¡Ayuda, estoy herido! —le responden desde algunos metros abajo.

El hombre corre, enciende las luces del automóvil, toma una linterna y un laso. Ilumina hacia el abismo y ahí está el hombre.

Hace todo lo necesario para descender hasta el lugar mientras llama a los cuerpos de socorro. El hombre está mal herido. Con todas sus fuerzas y apoyándose en el laso y un arnés, logra sacar al hombre del hueco en el que se encontraba.

El hombre herido empieza llorar como un niño.

—Tranquilícese, respire profundo, todo va a estar bien. Vamos a salir de ésta.

—Lo sé —le responde—. No lloro de dolor ni de angustia, sino de alegría. Me atacaron, me robaron la motocicleta y después de herirme, me lanzaron al vacío. Sólo tenía un recurso para salvarme. Oré rogando que Dios me enviara un ángel, y vino usted en mi rescate —explica el hombre, mientras escuchan cada vez más cerca el sonido de unas sirenas de ambulancia.

Reflexión:

Los únicos que no estiman la oración como el recurso más poderoso, son aquellos que no la practican. Orar es admitir que tenemos limitaciones y que elevamos nuestro clamor ante un DIOS ilimitado. Nuestra oración debe ir acompañada de la disposición incondicional de obedecer su guía, y hallarnos cumpliendo sus propósitos, aquellos planes divinos que siempre serán más elevados que los nuestros.

UN CORAZÓN CON MALA SAZÓN

Catorce chefs se daban cita en la competencia más esperada del año, que le otorgaría al ganador el reconocimiento como el mejor chef de la nación y un premio por valor de doscientos millones de pesos ($67000 USD).

La primera prueba consistía en elaborar un sánduche. Cada chef recibiría los mismos ingredientes, para cumplir con el pedido en un lapso de quince minutos.

Pasado el cuarto de hora, cada uno de los competidores tenía listo el plato, con gestos de natural ansiedad por conocer el veredicto del jurado, que decidiría en esta prueba inicial, quién sería el primer concursante eliminado del certamen.

No obstante, para sorpresa de todos, las reglas parecían cambiar de formato: cada chef debía evaluar a otro compañero. Para hacerlo, a cada uno le vendarían los ojos y aleatoriamente disponían frente a cada chef, el plato que por suerte tendría que evaluar.

Allí estaban todos, degustando el sánduche que pondría en juego la continuidad de uno de sus compañeros de concurso.

De repente, uno de los competidores no espera siquiera que le cedan la palabra y escupe el sánduche con un gesto que deja ver su malestar.

—¿Cómo invitan a un chef con semejante sazón a un programa así? Mi hijo de cinco años haría algo mejor que esto.

Todos en el set están sorprendidos. Mientras los demás chefs se quitan las vendas, el moderador del concurso no duda en preguntarle:

—¿Considera que el concursante que elaboró el plato debe salir del concurso?

—Sobra decirlo —responde el chef.

—Va a encontrar el nombre del concursante bajo el plato. Le voy a pedir que lo levante y diga en voz alta el nombre del concursante que lo elaboró.

El chef levanta el plato, observa el escrito y se queda sin palabras: era su propio nombre.

Reflexión:

Señalar los defectos de los demás es una tarea fácil para cualquiera, pero reconocer los propios errores es de espíritus superiores. Hay una advertencia que debemos observar antes de juzgar a los demás: con la misma medida que medimos, nos volverán a medir.

LA BOLSA DE LOS SECRETOS

El mejor detective de una Agencia de Inteligencia fue invitado al set de un famoso programa de entrevistas. Su efectividad resolviendo casos de investigación criminal, mediante el hallazgo evidencias contundentes, le hicieron merecedor de un galardón otorgado por el propio Presidente de su país. Todos le reconocían como un hombre honorable que había contribuido a llevar a la cárcel a los peores criminales de su nación.

La directora del programa, después de preguntar por su niñez y su vida familiar, se dispone a indagar sobre su labor como investigador.

—¿Cuál es la técnica que utiliza para tener tanta efectividad en su labor, detective?

—Buscar las evidencias en el lugar correcto —responde el investigador mientras cambia de posición en su silla—. Mi lugar favorito de evidencias le he llamado "la bolsa de los secretos".

—¡La bolsa de los secretos! ¿De qué se trata? Eso suena bien.

—Suena bien, ¡pero huele mal! —dice el investigador mientras ríen todos en el set—. se trata de la bolsa de basura.

—Bueno, tiene mucho sentido.

—Esa bolsa que acumula tantas cosas de cada

familia, revela más de lo que la gente puede pensar. Cada desecho en esa "bolsa de secretos" nos dice algo del que lo arrojó.

—Sabe algo agente, seguramente su Agencia está blindada por dentro y por fuera, pero la jefa de seguridad del hogar, su esposa, no tuvo reparo alguno en dejarnos acceder a su "bolsa de secretos".

El agente gira su cabeza hacia el lugar en que los encargados de logística ingresan con un bote de basura que contiene una bolsa de color azul en su interior, la que el investigador reconoce de inmediato.

—Me están haciendo una broma ¿verdad? —pregunta el agente, con más cara de preocupación que de asombro.

—No es una broma. Todos queremos conocerle y usted nos ha dicho que cada desecho que se arroja en esa "bolsa de secretos" nos dice algo del que la arrojó.

—¡Es un irrespeto que usted quiera exhibirme así! —expresa enojado el agente mientras se pone de pie, y agitado se retira del set ante la mirada atónita de los espectadores.

Reflexión:

¿Qué cosas quisieras eliminar de tu vida porque no deseas que alguien se entere de lo que hiciste? Aunque lo arrojes a la basura, las evidencias son irrefutables. Si bien podemos eliminar las evidencias, el peso de conciencia nos acompañará de por vida. Llena tu "bolsa de secretos" de buenos recuerdos y no de malos residuos que te pongan en evidencia.

CAMBIA TU FORMA DE PENSAR

Una mujer ingresa a la sala de espera llevando tan sólo su bata de color azul, dispuesta a recibir su quinta sesión de radioterapia. Se sienta junto a dos mujeres que esperan también su tratamiento.

Está cabizbaja, embotada en sus pensamientos. Desde que le diagnosticaron cáncer de seno ha estado depresiva y perturbada por el recuerdo de una familiar que padeció la misma enfermedad.

—Hola mujer ¿cómo se encuentra? —pregunta una de sus compañeras de turno.

—¡Mal! No hago más que pensar qué será de mis hijos cuando yo no esté y, sobre todo, cómo van a vivir este proceso cuando mi estado de salud empeore.

La otra paciente que escucha el diálogo no puede guardar silencio después de escucharla.

—Amiga. Perdona que me entrometa, pero no entiendo tu actitud. ¡Apenas empiezas la pelea y ya te ves en la lona! ¿Sabías que de cada diez mujeres que fueron diagnosticadas con cáncer, 8 sobrevivieron a la enfermedad? Tienes más posibilidades de sobrevivir que de irte al más allá tan pronto. ¡Mírate! Tienes un cabello bellísimo, y un estado físico envidiable. Seguramente vas a salir bien de este proceso, especialmente si cambias de actitud. Eres una valiente al decidir recibir el tratamiento, y es eso lo que debes proyectarles a tus pequeños. Eres una guerrera de la vida, una portadora de esperanza. Si cambias tu forma de pensar, cambiarás tu forma de vivir.

La mujer recibe el mensaje con una sonrisa.

—Gracias por sus palabras ¿En verdad cree que puedo ser para mis hijos todo eso tan bonito que usted dice? —pregunta conmovida.

—Eso y mucho más —le responde, mientras le acaricia sus manos, y se pone de pie para atender el llamado al escuchar su nombre.

La mujer se seca las lágrimas y no duda en decirle a su acompañante.

—Que lindas palabras. Seguramente apenas está empezando tratamiento y no sabe "cómo es esto".

—En eso se equivoca. Esa mujer ha recibido tres cirugías en su cabeza. Lleva luchando contra el cáncer desde hace diez años, y a pesar de todo, mira lo reluciente que se ve. Parece que su fórmula funciona de maravilla.

Reflexión:

Todos tenemos retos y dificultades que afrontar en la vida. El tamaño de los problemas los define la actitud que tenemos hacia ellos. Si empezamos con una actitud derrotista sin haber iniciado la batalla, ya sabemos cuál será el resultado final. Si nos armamos de fe en Dios y una buena actitud, entonces nuestra forma de pensar cambiará nuestra forma de vivir.

TENER O DISFRUTAR

Un hombre puso en venta su finca, un predio rural de veinticinco hectáreas. Después de vivir en ella durante veinte años, pensó que ya era tiempo de entregarla a otros dueños y buscar un mejor lugar para él y su familia.

Después de publicar la oferta, el primer interesado en la compra es recibido por el propietario y enviado con el mayordomo a realizar un recorrido, con el fin de conocer la propiedad.

Luego de la excursión, el interesado está resuelto a hacer la compra y le insiste concretar el negocio aquel mismo día.

—¿Quiere hacer la compra hoy mismo? ¿Qué lo tiene tan decidido? —pregunta el propietario.

—Ya he recorrido otras nueve fincas antes de encontrar esta belleza, y definitivamente es la que estábamos buscando.

»El río que bordea la finca es de agua cristalina. Nunca pensé que fuera posible pescar en mi propia casa campestre.

»¿Ve aquellas montañas frente al balcón? Ya me veo disfrutando cada mañana una taza de café junto a mi esposa, mientras el sol se asoma.

»Y a mis hijos los imagino corriendo entre los árboles frutales, escogiendo dónde construir una bella casa en el árbol.

»Me puedo ver en un paseo a caballo por este sector, sintiendo el olor del pasto recién cortado. Seguramente todos mis conocidos querrán convertir este lugar en su punto de encuentro. Será nuestro epicentro de buenos momentos.

»No tengo reparos en concretar el negocio hoy mismo ¿Qué le parece?

—Tengo que agradecerle por su intención de compra —informa el propietario—, pero sobre todo por abrirme los ojos. Después de escucharlo, acabo de ser consciente de que tenía la finca, pero que no la había disfrutado. En verdad tiene todo lo que estaba buscando, sólo necesitaba verla con la ayuda de otros ojos.

Reflexión:

Muchas veces creemos engañosamente que tener más es sinónimo de mayor satisfacción. En realidad, el "truco" de la verdadera prosperidad no consiste en la suma de los bienes materiales, sino en el disfrute que tenemos de ellos. Si lográramos ver lo que tenemos con los ojos de aquellos que no lo tienen, seríamos conscientes que tenemos lo suficiente para ser felices.

PRUEBA DE SELECCIÓN

Tres hombres compiten en un proceso de selección por el cargo de recuperación de cartera en una entidad financiera. Su puesto de trabajo consistía en lograr que los clientes atrasados en el pago de su obligación dejaran sus cuentas al día. Para la prueba de selección les entregan un teléfono y un listado de clientes con una cuota pendiente de pago.

—Bienvenidos a su prueba final —les expresa la encargada del proceso—. Tienen cinco minutos para generar un compromiso serio con nuestros clientes, con el propósito de disminuir el porcentaje de valor en mora en un 20%. Tienen los elementos necesarios sobre el escritorio. Asuman el argumento que consideren necesario para cumplir su cometido. Pueden empezar ahora mismo.

Sin mediar palabra, los tres hombres aciertan en buscar en sus listados al cliente con el mayor valor de monto en mora y proceden a realizar una llamada. El primero de ellos argumenta con el cliente:

—Buenas tardes, señor Juan Pérez. Le habla el abogado encargado de su caso. Preocupado veo que no ha cancelado su cuota; situación que nos exige continuar con el proceso jurídico, obligándole a usted pagar la totalidad de su deuda, a menos que su cuota sea cancelada esta misma tarde —hace una pausa para escuchar la respuesta del cliente y agrega—. Perfecto señor Juan, contamos con su compromiso de pago para esta misma tarde.

El segundo de los participantes argumenta:

—Buenas tardes señora Teresa. Nos comunicamos desde el área jurídica para pedirle que nos confirme si puede usted atendernos esta tarde, con el propósito de verificar si los bienes que ha colocado como garantía del crédito siguen disponibles; esto con la intención adelantar las diligencias del embargo. Señora Teresa, es de aclarar que puede evitar este proceso si realiza el pago de su cuota esta misma tarde —hace una pausa y continúa—. Gracias señora Teresa por comprender que sus obligaciones son inexorables.

Es el turno del tercer aspirante; éste expresa:

—Buenas tardes señor Diego. Es un placer saludarlo y darle a conocer que usted es un cliente muy importante para nosotros. Nos interesa saber cuál es el motivo que le ha impedido estar al día en su obligación —hace una pausa para escuchar la respuesta—. Lo siento señor Diego, hablaré con mi jefe para informarle sobre su situación. Mis condolencias.

La encargada del proceso, después de finalizadas las llamas telefónicas de la prueba se acerca para comunicar el resultado de la evaluación.

—¿Quiénes han logrado la meta de lograr un compromiso serio con los clientes para disminuir el porcentaje en mora?

Los dos primeros participantes alzan la mano con orgullo.

—Aplaudo que hayan logrado el objetivo, pero a nuestro tercer participando le felicito por cumplir el perfil de la persona que estábamos buscando.

—¿Cómo puede ser posible? Cumplimos la meta ¡y eligen a quien no lo hizo! —expresa ofendido uno de los evaluados.

—Buscamos personas que logren su meta, pero la prueba consistía en evaluar cómo llegaban a ella.

Reflexión:

"El fin justifica los medios" reza el refrán que ha servido como argumento de aquellos que transponen su escala de valores. Cuando le damos más importancia a las cifras que a las personas, la honestidad, la trasparencia y la sinceridad son valores que se pueden perder, si mantenerlos impide lograr objetivos. Si empoderamos el "Ser" por encima del "Tener", los valores y principios van a distinguir nuestra forma de pensar y de actuar.

no tendrás miedo de caer —le grita al joven, mientras le observa sorprendido de su capacidad de veloz aprendizaje.

Pasando frente a su casa el profesor le señala al joven su lugar de residencia para ponerse a su disposición, pero siguen de largo hacia su destino.

Es la mañana del siguiente día y el profesor está listo para un día más de clases. Sale de su casa hacia el pequeño garaje contiguo, pero no está su bicicleta. Sólo viene a su mente un rostro. Decide correr hacia la casa del joven. Llama insistentemente a su puerta sin recibir respuesta.

—Pierde su tiempo —dice un vecino que sale a ver qué está pasando— anoche le vi salir a prisa con su hermana. Parece que su nueva bicicleta tiene otro dueño y no quiere perderla—insiste el vecino con una risa burlona.

El profesor se agacha para ver mejor un objeto que brilla en el suelo; es la campanilla de su bicicleta.

Ofendido retorna a la escuela para enterar a todos de la clase de muchacho en que se había convertido el joven. Sentía una mezcla de rabia y de tristeza, que el estudiante haya actuado así con un poco de confianza ofrecida, así que se encargó de que todos tuvieran precaución con el muchacho.

El profesor conoce poco las costumbres de esa pequeña población, que observa de manera radical los valores fundamentales y que castiga duramente a quienes los rompen. Esa misma tarde, un grupo de pobladores queman la casa del joven sin mayor reparo. El robo es una falta que merece una pena ejemplar.

Ha pasado un año y nadie tiene rastro del joven ni de su hermana. Es lunes y se celebra con la escuela en pleno, el inicio de un nuevo año de estudios.

Con el plantel repleto, el profesor da unas palabras usando un micrófono maltrecho, cuando se sorprende al ver al joven, el mismo que se llevó su bicicleta, acercándose para pedirle autorización de tomar la palabra.

El profesor, más asombrado por el buen aspecto del joven que por su visita repentina, le cede el micrófono. Antes de tomar la palabra, el joven lo abraza fuerte.

—Quiero agradecerle públicamente a usted profesor. Su viaje en bicicleta de hace un año le salvo la vida a mi hermana.

»Esa misma noche fui a su casa para pedirle ayuda. Mi hermana tenía fiebre demasiado elevada, vómito, presentaba convulsiones y su cuello estaba excesivamente rígido. Tenía todos los síntomas que mamá había sufrido antes de morir.

»Llamé a su puerta con insistencia; al no recibir respuesta, y por la gravedad de mi hermanita tomé su bicicleta. Pedalee por más de dos horas hasta encontrar el Hospital más cercano. Gracias a usted mi hermana sobrevivió a la meningitis.

»Un grupo de extranjeros conoció nuestro caso y quiso ayudarnos, supliendo todo lo que hemos necesitado. Tenemos un nuevo hogar y una nueva familia. Prometí devolver su bicicleta.

El profesor se queda mudo al escuchar al joven, mientras oye que se acerca el sonido de una campanilla… la de su nueva bicicleta.

Reflexión:

Los actos dignos de imitar, las congratulaciones se proclaman en público, los errores se exhortan en privado. Cuando no se sigue esta sencilla regla nuestro juicio suele ser equivocado y los resultados pueden ser nefastos. Respira profundo y cuenta hasta diez, o hasta mil si es necesario, pero no ventiles con otros los errores de los demás; evita un incendio innecesario.

EL SOLDADO QUE RECOGIÓ EL GUANTE

Corría el año 1780 y la guerra de independencia en los Estados Unidos de Norteamérica estaba en pleno apogeo. George Washington, el comandante en jefe del ejército norteamericano, había prohibido los duelos a muerte en su territorio. Expresaba públicamente y por escrito, que era una verdadera estupidez perder vidas en un duelo a muerte cuando el ejército necesitaba hombres en el frente de batalla. Sin embargo, un capitán había participado en cinco duelos, fulminando a todos sus oponentes con una puntería extraordinaria.

No era extraño escucharlo decir que prefería morir en un duelo a muerte, si acaso alguien más se atreviera a desafiarlo, antes que dar su último respiro en el frente de batalla.

Un joven soldado de apenas veintidos años, recién incorporado a las filas del ejército, vino a formar parte del pelotón que comandaba el capitán. Su fama de tener una puntería perfecta en el polígono llegó a oídos del comandante.

El orgullo y la soberbia pudieron más que la orden de evitar duelos en la fuerza armada, y una mañana, mientras el pelotón se disponía en filas, el capitán se quitó su guante para usarlo, dándole una bofetada al joven soldado para luego lanzar el guante al piso. El joven sin reparo se agacha para recogerlo, al tiempo que todos en el pelotón hacen una algarabía; el acto era reconocido como una aceptación a un duelo a muerte.

A la mañana siguiente todo estaba dispuesto. El capitán y el joven soldado toman armas iguales y preparan la munición, escuchando las reglas del duelo.

—Puestos en pie, arma en mano y de espaldas el uno contra el otro, caminaran hacia adelante contando diez pasos al tiempo de mi voz. Cuando escuchen el último número podrán girar y halar el gatillo. ¿Algo que quieran agregar, señores? —pregunta el juez del encuentro.

—Está a tiempo de detener esto, capitán —dice el joven soldado.

—Recogiste el guante; no hay vuelta de hoja, ¡es el destino que elegiste, muchacho! —dice el capitán con un aire de superioridad.

Están parados espalda contra espalda, cada uno con su arma cargada, escuchando la marcha del juez que se aleja para empezar el conteo.

—Uno, dos, tres, cuatro, cinco, seis, siete, ocho, nueve...diez

Ambos giran, pero antes de que el capitán hale el gatillo, el joven soldado dispara dejando a todos los espectadores boquiabiertos.

Su tiro a dado justo en la pistola del capitán, quien ve como pierde su arma elevándose por los aires. Su instinto le mueve rápidamente para recuperarla, pero se detiene cuando escucha un grito.

—¡Deténgase capitán, no lo haga! —grita el soldado apuntándole todavía.

—¡Entonces máteme! Si es un hombre de honor, ¡dispáreme en el pecho! —grita el capitán, mientras se rasga la camisa del uniforme, dejando caer sus insignias de rango.

—No lo haré, mi capitán. Mi talento y mi éxito de hoy no tienen que extinguir el suyo —dice el soldado, mientras arroja el arma al suelo.

Reflexión:

En una sociedad en la cual la competencia ha deshumanizado a las personas, donde el fuerte se mantiene a flote a razón de hundir a los débiles, vale la pena considerar que se pude competir sin perjuicio de los demás. Nuestra competencia no es nuestro enemigo; el adversario real está dentro de nosotros, cuando dejamos que el orgullo y la soberbia busquen el éxito, sin importar las consecuencias que sufran las demás personas.

UNA RADIO DIFERENTE

Soñaba con hacer radio algún día. Le sorprendía pensar que su voz pudiese llegar a lugares en que físicamente sería imposible hacerlo. Cuando escuchaba en la radio los programas habituales, le causaba desilusión oír tanto entretenimiento "chatarra"; por el contrario, le motivaba pensar que sus palabras pudieran entretener y al mismo tiempo ayudar a las personas a mejorar su forma de pensar y de vivir.

Le apasionaba leer y soñaba con reproducir ese conocimiento en un programa de radio; llegar con su voz a lugares inaccesibles donde necesitarán algo más que entretenimiento, una motivación para la vida.

Se armó de valor para hacer una labor que nunca antes había hecho. Se acercó a la emisora de radio comunitaria local y para su sorpresa descubrió que tenían un espacio disponible.

Le dieron dos meses de prueba para transmitir un programa de media hora semanal. Si el rating del programa era evidente a través de llamadas telefónicas, continuaría con el espacio y con una franja de tiempo más amplia.

Todos los días el inexperto locutor preparaba su programa y lo transmitía con todo el entusiasmo posible. Insistió desde el primer día, motivando a los oyentes a participar en el programa a través del teléfono, pero pasados los dos meses esa llamada nunca llegó.

Era el último día de transmisión y el locutor con un nudo en la garganta se despide de sus oyentes, y explica sin censuras que el bajo nivel de rating, medido a través de las llamadas telefónicas de los oyentes, sería la causa del cierre del programa. Terminaba de decir sus últimas palabras y de repente timbra el teléfono en el estudio.

—Hola, parece que tenemos un oyente que quiere participar. ¿Con quién tenemos el gusto?

—Hola, soy Carlos Anzur. Nos da lástima que este programa no continúe. Se había convertido en un verdadero aliciente para nosotros. En este lugar sólo se reciben malas noticias y poco que valga la pena. Desde que empezó el programa lo hemos escuchado y nos hará demasiada falta no volver a escuchar una voz tan positiva como la suya.

—¡Oh, Carlos Anzur! No imagina cuánto me alegra su llamada y sus palabras son muy alentadoras, pero faltaron más llamadas como la suya para salvar el programa. Pero cuéntenos Carlos ¿de qué barrio nos llama?

—Le llamo desde la cárcel. Un grupo de reclusos comenzamos a escuchar su programa desde el inicio y no imagina el bien que nos ha hecho.

La llamada se corta. El locutor está sorprendido. Se está despidiendo de los oyentes y de su programa, pero con una sonrisa en los labios.

El programa nunca más se volvió a transmitir, pero Carlos Anzur y sus compañeros de prisión siguieron recibiendo una grata visita.

Reflexión:

A veces las cosas no salen como esperamos, pero ello no nos puede permitir abandonar nuestro propósito de vida. Puede ocurrir que alguno de nuestros sueños se frustre, pero trascender en la vida para el beneficio de los demás debe ser una causa sin claudicar.

EL LENGUAJE DEL AMOR

Un misionero cristiano sobrevolaba la selva ecuatoriana en dirección a Quito, pero mientras oraba pidiendo dirección para encontrar un lugar en dónde empezar su tarea, observó a través de la ventanilla de la avioneta una pequeña comunidad indígena en pleno corazón de la selva. El guía de vuelo le indicó que esa comunidad se encontraba a más de cuatrocientos kilómetros de distancia de cualquier lugar habitado, pero la cercanía que tenían al río convenció al misionero que en lancha podría llegar a ellos, y así lo hizo.

Cinco días después estaba construyendo una pequeña choza a doscientos metros de la aldea. Al siguiente día de terminar su tienda improvisada, se acercan cinco hombres en taparrabos y con lanzas en sus manos, llamando su atención a gritos. El misionero, asustado por la imprevista visita, trata de hablarles, pero no entienden su lenguaje. El que parecía ser el jefe, el más viejo de ellos hace gestos violentos, así que decide quitarse su vestuario y en ropa interior les enseña que no tiene nada que pueda ofrecer riesgo para ellos.

Los hombres se echan a reír, mientras señalan el color blanco de su piel. El misionero ríe con ellos.

Una semana después sale de su choza dispuesto a

acercarse a la aldea, pero para su sorpresa, un grupo de niños está fuera de su puerta. Les saluda y trata de decirles que quiere compartir con ellos algo, pero los pequeños simplemente ríen y hablan entre ellos en su propio dialecto.

Arriesgando su propia supervivencia comparte con ellos algo del alimento que lleva consigo, mientras les dibuja en hojas de papel, explicando a través de gráficos el mensaje que con tanta facilidad transmitía desde los púlpitos.

Le gustaba ver la atención que recibía y la buena aceptación de los pequeños a cada explicación, al tiempo que escribía en su agenda personal las palabras que aprendía de ellos mientras hablan entre sí.

Una semana después compartía con los chicos las últimas raciones de comida que le quedaban, y dibujaba en una hoja a un hombre crucificado y una tumba vacía, tratando de explicarles que nadie tenía mayor amor que éste, que aquel que daba la vida en rescate de muchos.

Uno de los pequeños, impresionado por el mensaje, le pide autorización de llevar la hoja a su comunidad, a lo que accedió el misionero más que complacido

Es el día siguiente y se prepara para recibir a los pequeños; sale para atenderles, pero no son ellos lo que se acercan, son los hombres que le visitaron por primera vez, y uno de ellos, el jefe, lleva en su mano la hoja que le había permitido cargar al pequeño el día anterior.

Cuando le ven empiezan a gritarle y uno de ellos no duda en arrojar con todas las fuerzas una lanza, que el misionero alcanza a esquivar.

Corre tan rápido como puede, mientras escucha

los alaridos de sus perseguidores, hasta que llega a la ribera del río.

Sus aguas caudalosas lo hacen dudar, pero los gritos a su espalda lo dejan pensar poco y se lanza asumiendo el riesgo. El río lo arrastra algunos metros abajo y después de un gran esfuerzo, y de tragar agua a punto de ahogarse, logra atravesar el río y llegar a la otra orilla exhausto.

Mientras ve al grupo de indígenas lanzarse al río para continuar la persecución, el misionero se levanta huyendo por su vida, mientras ora pidiendo que su labor no termine en vano.

De pronto, escucha gritos que provienen del río. Es el jefe, que pide ayuda mientras se hunde bajo la corriente. El misionero mira hacia la selva, a la que puede correr para salvar su pellejo, especialmente ahora que sus perseguidores van al rescate de su jefe, pero a pesar del cansancio y del riesgo, sorpresivamente el misionero se lanza de nuevo al río.

Bracea con todas sus fuerzas hasta ubicar al hombre, y tomándole del pelo logra acercarse a un tronco que flota cerca de ellos. Unos metros más abajo consigue ponerlo a salvo a orillas del río, inconsciente. Después de practicarle una reanimación cardiopulmonar, el jefe de la aldea despierta, mientras el resto se acerca para ser testigos del heroico acto.

De esta manera, el misionero continuó una gran labor evangelizadora, que años más tarde, un grupo de indígenas prolongaría hasta más allá de su territorio.

Reflexión:

Hay un lenguaje universal que todos los pueblos entienden y que puede descifrar la mente menos preparada: el lenguaje del amor. Es un idioma que no requiere de palabras ni de símbolos; se comprende mejor a través de actos, de aquellos en que se da lo mejor que se tiene y en que se arriesga todo por los demás. Es tiempo de hacer más y de hablar menos.

AQUÍ Y AHORA

El discípulo de artes marciales le pide al viejo maestro que le enseñe cómo lograr concentrarse en los entrenamientos.

—¿Qué te hace falta para lograr concentración? —. Mientras el joven lo piensa, el maestro le da una fuerte bofetada que lo tumba al suelo.

—Maestro ¿por qué me golpea? —pregunta el joven.

—Lo hubieras podido evitar. Antes del golpe te mostré la mano que iba a utilizar para hacerlo, pero "no estabas aquí". Concentrarte es vivir aquí y ahora.

Reflexión:

La vida está pasando frente a nuestros ojos, pero nuestra mente nos nuble la vista con preocupaciones, con asuntos que no han ocurrido o hechos del pasado que son inmodificables. Las dificultades nos pueden golpear y tirar nuestra motivación al suelo cuando vivimos en "automático". La vida se disfruta como el café, degustando cada sorbo, viviendo momento a momento a plenitud, aquí y ahora.

UN CUCHILLO Y UN CUADRO

Después de cuatro años había llegado sorpresivamente a su ciudad natal. Quería llevarle a su pareja la grata noticia que volvía de una vez y para siempre.

Atrás quedaban los años de soledad, de añorar la compañía de su mujer mientras sus manos se encallecían sometidas al trabajo duro.

Antes del encuentro quería demostrarle que las cosas habían cambiado y que ahora la prosperidad le acompañaba, así que visitó una joyería. Compró un anillo de diamantes, una bella joya de compromiso.

Nervioso se acercó al apartamento al que envío tantas postales con promesas de una mejor vida para ella. Llamó a la puerta mientras chequeaba en el bolsillo que la joya estuviese allí para el gran momento.

El tiempo se hacía eterno mientras los pasos detrás de la puerta se acercaban. El cerrojo de la puerta se mueve mientras un nudo se hace en su garganta. ¿qué le diría? quizás sería mejor simplemente hincar su rodilla para exhibir el anillo. El tiempo se agota; la puerta se abre, pero el visitante queda petrificado.

Lo recibe un hombre sin camisa, con mirada desafiante, y empuñando un cuchillo. Sin cruzar palabras y todavía en shock, su mirada alcanza a ver la figura semidesnuda de su pareja saliendo del baño a toda prisa hacia la habitación.

No hay nada qué decir, levanta sus manos mientras retrocede.

—¡Es tuya! —le grita.

Mientras caminaba hacia cualquier parte reflexionaba: «un anillo de diamantes no compra la fidelidad de una pareja; la prosperidad no tiene etiqueta de precio».

El trabajo duro le dio un anillo de diamantes, pero le quitó lo que consideraba su tesoro más preciado, su mujer. Sus manos se curtieron por el trabajo, ahora era su corazón el que se endurecía; había caído en la trampa de pensar que su futuro sería mejor, sin ser consciente que lo mejor ya era suyo, sólo tenía que disfrutarlo un día a la vez.

Podemos pasar la vida trabajando duro para alcanzar la felicidad, sin descubrir que la felicidad es el camino mismo. Pensó que hubiese preferido la alegría de compartir a diario con quienes amaba, que la ilusión pasajera de los bienes materiales que ahora estaba dispuesto a botar a la basura. El hoy es todo lo que tenemos porque el mañana no sabemos que será.

Con amargura y lágrimas corriendo por sus mejillas piensa que ahora le queda una sola cosa por hacer, sólo le falta un lugar apropiado, así que aligera el paso.

Caminaba rápido y resuelto. No le importaba que le vieran llorando por las calles; ahora nada importaba.

Quería pensar que se había equivocado de apartamento. Decía para sus adentros: «¡Maldita sea! alcancé a verla semidesnuda escondiendo su pecado». Quería odiarla, pero no podía.

El hombre toma un taxi. Mientras mira hacia la nada por la ventanilla, se dice a sí mismo «la amé más que a mi vida, y sin ella ¿para qué vivir?».

Su mente está embotada. El taxista interrumpe:

—Señor, llegamos.

El hombre entra al banco y pide el retiro en efectivo de todo su dinero. Los ahorros de cuatro años de arduo trabajo. Toma de nuevo el taxi que le espera.

A pocas cuadras, el sector de la ciudad es deprimente: prostitutas, vagabundos y drogadictos pintan el cuadro. Sin pensarlo dos veces abre la maleta y tira el dinero por la ventanilla. Observa por la ventana trasera cómo los billetes vuelan por los aires mientras ese grupo de personas se pelea por el dinero. Siente lástima por ellos «¿Cómo le damos tanta importancia al dinero?», se pregunta, mientras piensa que nadie le entendería si no viviera lo que siente ahora en carne propia.

Pide que el taxi se detenga en la ferretería más cercana. Hace una única compra. Le entrega todo lo que le queda en el bolsillo al taxista por su servicio.

Ahora no tiene con qué pagar el hotel, pero haciendo una mueca piensa que ya no tendrá que hacerlo.

Entra a la habitación, cierra la puerta y mira al techo, y allí encuentra lo que busca. Saca la soga recién comprada. Toma una silla plástica allí dispuesta, se para sobre ella mientras amarra firmemente la soga al techo.

Llora a borbotones; siente que se ahoga entre sollozos. Con sus manos temblorosas hace un círculo con la soga a la altura de su cabeza. Mientras traga saliva siente el sabor salado de sus lágrimas, mete su cabeza en la soga.

Mira hacia al frente. Colgando en la pared hay un cuadro con la imagen de Jesús, y se siente avergonzado. En otros hoteles encontraba con frecuencia imágenes de mujeres desnudas, parejas u otros motivos, pero ¿qué hacía este bendito cuadro allí?

Alcanza a leer una leyenda en la parte superior del cuadro "No existe alguien que le busque y no le halle, que no le halle y no quiera conocerle y que conociéndole no le ame".

Esa imagen le recordó al único amigo que tuvo en el extranjero, que con frecuencia le decía: "Si lo amaras a Él como amas a esa mujer, tu vida sería diferente; déjate amar por Él y no tendrás más remedio que corresponderle".

Había puesto su razón de vivir en su mujer; ahora piensa que se equivocó de propósito. Aun con la soga al cuello, suspira profundo y piensa «¿y si seguía el consejo? ¿acaso era tarde para tomar la decisión?».

De repente algo se rompe bajo sus pies ¡la pata plástica de la silla se ha roto! agarra la soga fuerte, pero es tarde; está pendiendo de la soga; se mueve como un pez recién cazado, colgando del anzuelo, tratando de liberarse.

Trata de gritar, pero sus cuerdas vocales están presionadas; parece que sus ojos quisieran salir de sus cuencas. Su teléfono timbra. «¿Será ella?», pero ya no importa. Está muriendo, no puede respirar. El teléfono resuena.

En lo poco que le queda de consciencia clama en su mente: «¡Dios ayúdame, dame otra oportunidad!». ¡Que ironía!, está frente a la imagen de Jesús, pero parece que Él no puede hacer nada por salvarle. Una última lágrima corre por su mejilla. Su teléfono sigue timbrando.

Está perdiendo la consciencia, pero lo despierta un golpe en la cara. La soga se ha reventado y su rostro se estrella contra el piso, respira tan profundo como puede. El aire tiene un sabor dulce en su boca.

Con las fuerzas que le quedan retira la soga de su cuello. Está extendido sobre el suelo, boca arriba, exhausto.

Recuerda su teléfono. Tiene un mensaje de voz. «¿Será ella?», pero lo que escucha lo toma por sorpresa, es su madre; con la voz entrecortada le dice: "Hijo, ella está en el hospital, tu mujer está herida, tu amada se nos muere".

Se incorpora. Siente su cuello quemado, adolorido, percibe sus ojos hinchados. Tiene su garganta seca. Todavía mareado trata de ponerse en pie sosteniéndose en la pared. Sus manos tocan el cuadro testigo de sus avatares y percibe las pinceladas sobre el lienzo, mientras traga saliva. Respira profundo recuperando lucidez; puede correr y lo hace.

En la sala de espera su madre lo reconoce y corre hacia él. Otros familiares se acercan; a pesar de tanto tiempo sin verles sólo importa una cosa.

—¿Cómo está ella? —pregunta.

La madre visiblemente afectada, y revisando el cuello de su hijo le explica:

—El médico no nos informa todavía. Pero hijo, ¿qué te pasó en el cuello?

Evadiendo la pregunta, indaga:

—¿Quién la trajo?

La madre señala haciendo un gesto con la cabeza mientras el tercero se acerca y le pregunta.

—¿Usted es el esposo? ella siempre habla de usted.

—Sí, soy su esposo —responde mientras su voz se entrecorta con una mueca de dolor—, ¿qué pasó?

—Escuché sus gritos pidiendo ayuda. Tomé un bate en mis manos. Al llegar, la puerta se encontraba abierta; los gritos provenían de la habitación. De espaldas a la puerta había un hombre sin camisa empuñando un cuchillo. Sin mediar palabras, tome el bate con ambas manos y lo golpee en la cabeza. La hirió en dos ocasiones. Ha perdido mucha sangre. Todavía consciente me informó creer que el delincuente estaba acompañado, ya que alcanzó a oír que alguien gritó en la puerta: ¡Es tuya!

Lo que el hombre temía queda confirmado. Se tapa el rostro con ambas manos en una mezcla de vergüenza, culpabilidad y dolor. La juzgó neciamente como infiel. La señaló a primera vista. «Nada es lo que aparenta», pensó; por poco pierde su vida y ahora la de su esposa pende de un hilo.

El médico se acerca con el diagnóstico.

—La paciente se encuentra estable, pero necesita un trasplante de riñón urgente.

Sin pensarlo dos veces su esposo se ofrece como donante; Alguien le ha dado la oportunidad de nacer de nuevo, y ahora quiere hacer lo propio con su esposa.

Cuatro días inconsciente y por fin ella abre los ojos, y como un guardián está él, velando su sueño. Se acerca lentamente a su cama y se inclina para exhibir la preciosa joya. No importaron los cables, las mangueras, los instrumentos médicos. Ambos se funden en un abrazo; lo hacen como si jamás quisieran separarse.

—¿Cuándo llegaste?, pregunta ella.

Llevado más por el peso de conciencia que por la pregunta, le confiesa.

—En el apartamento, el hombre que creías cómplice del delincuente ¡era yo!

No soporta las lágrimas y las deja fluir como un río. Continúa.

—Vi al hombre sin camisa y a ti salir semidesnuda, y no sé qué me pasó, ¡te dejé en manos de un asesino, pensando otra cosa!

Ella pone sus dedos procurando cerrar los labios del arrepentido. Con ojos comprensivos le sonríe.

—Sabes, debo confesarte que te fui infiel con una persona.

Él la mira sorprendido.

—Es más —continúa ella—, es una relación que quiero compartir contigo.

Su sorpresa se convierte en asombro. Pero ella continúa sin abandonar su sonrisa.

—Incluso pinté un cuadro en lienzo para ti, para que conocieras de quién se trata. Sería mi regalo de bienvenida, pero alguien lo ha robado del taller. Odio pensar que algo tan valioso para mí se haya vendido por cualquier precio. La imagen del cuadro es de...

Él la interrumpe. —¿Colocaste alguna frase en el cuadro?

Ella asiente con la cabeza mientras desvía la mirada para recordar la frase:

—No existe alguien que le busque y no le halle, que no le halle y no quiera conocerle...

—y que conociéndole no le ame.

Acaricia el rostro de su mujer mientras recuerda una vez más las palabras de su amigo:

"Dios te puede hablar de maneras extrañas, pero comprensibles. Quizás alguien te dice algo y lo recuerdas en el momento preciso, tal vez un artista pinta un cuadro que lo dice todo, o alguien se le ocurre escribir una historia que te conmueva"

YA LEÍ EL LIBRO ¿Y AHORA QUÉ?

Si llegaste hasta esta sección, ¡felicitaciones! Has invertido tiempo en tu crecimiento personal y estamos seguros que cada relato va a quedar rondando en tu mente y tu corazón, beneficiando tu forma de pensar y de vivir.

Ahora, el reto es que te conviertas en un(a) storyteller, en un(a) narrador(a) de historias. Es un hecho demostrado por la ciencia que los relatos, cuando tocan emocionalmente a las personas y se enclavan en la mente como un pensamiento dominante, provocan un cambio en el comportamiento. Estas historias fueron diseñadas con el propósito de llevar a la reflexión y generar cambios positivos en el ser, algo que puedes convertir en tu aporte para hacer de este lugar un mundo mejor. Sigue estas sugerencias para hacer parte del cambio:

o Obsequia "Cuenta una historia... ENCIENDE UNA VIDA" a tus familiares y amigos, o a cualquier persona que consideres necesite su contenido; así ayudaras a cada persona que lo reciba a generar cambios positivos en su vida.

o Comparte tus comentarios sobre "Cuenta

una historia… ENCIENDE UNA VIDA" en tus redes sociales y páginas web de tu propiedad o las que visites. Puedes compartir los relatos, pero recuerda citar la fuente y a su autor.

o Si haces parte de una organización o participas en algún grupo de personas, invierte en la compra de este libro para entregarlo como obsequio; recuerda que sólo con mejores personas se forman mejores equipos.

o Si quieres escuchar estos relatos y muchos más a viva voz del autor, no dudes en contactarnos; será maravilloso conocernos en persona.

NO ES UN ADIÓS, ES UN HASTA PRONTO

Si consideras que este libro le agrega valor a tu vida, te invitamos a seguirnos en nuestras redes sociales para compartir contigo contenido de calidad, que te ayudará a encontrar tu propósito de vida y alcanzar tus metas.

Redes Sociales

www.youtube.com/oscarprada
www.twitter.com/oscarpradagil
www.instagram.com/oscarpradagil
www.facebook.com/oscarpradaoficial

www.oscarprada.com

Descubre más acerca del autor y la información necesaria para contratar una presentación a viva voz con Oscar. Además, recibe completamente gratis relatos escritos, narraciones en audio, videos, reflexiones y mucho más.

www.ingramcontent.com/pod-product-compliance
Lightning Source LLC
Chambersburg PA
CBHW020311150626
46552CB00022B/2686